Julia Raiz

Metamorfoses do Sr. Ovídio

exemplar nº 215

Curitiba
2022

Imagem da capa: Natasha Tinet

© Julia Raiz
© Arte e Letra

R 161
Raiz, Júlia
Metamorfoses do Sr. Ovídio / Julia Raiz. – Curitiba : Arte & Letra, 2022.
60 p.

ISBN 978-65-87603-23-0

1. Ficção brasileira   I. Título

CDD 869.93

Índice para catálogo sistemático:
1. Ficção: Literatura brasileira   869.93
Catalogação na Fonte
Bibliotecária responsável: Ana Lúcia Merege - CRB-7 4667

Arte & Letra
Rua Des. Motta, 2011. Batel. Curitiba-PR
www.arteeletra.com.br

*Todas as metamorfoses me fazem correr, embora o
movimento se revista da lentidão de uma galáxia fetal*
Andréia Carvalho Gavita

*Existem transformações
que são verdadeiros atentados*
Catherine Malabou

I

Sr. Ovídio é viciado na performance de si. Tem um coração perigoso como uma bomba, que deixa o quarteirão a perigo quando ele se emociona. Mesmo assim continua gravando seu podcast pra lá de emocionante que se chama <<Sr. Ovídio lendo coisas>>. Se pudesse giraria o mundo como um globo de neve. Ama as coisas pequenas. As escalas erradas. Sr. Ovídio acredita que no raio diminuidor existe um tipo limpo de transformação. Numa noite de chuva forte, Sr. Ovídio teve certeza que a água entrava pelas frestas magras das janelas e que a pessoa que dormia ao seu lado ia diminuir tanto de tamanho que seria impossível segurá-la. Tudo que muda escapa ao nosso controle e isso é a coisa mais assustadora. Um bebê vira um grão de poeira bem na sua frente. Sr. Ovídio é viciado na performance de si e presta muita atenção, quando está dormindo ao seu lado, uma pessoa capaz de se encolher e morar num chalé dentro do globo de neve. Um chalé coberto de vidro como se tivesse sido cercado por Deus. Mas o Sr. Ovídio mora no Rio Grande do Norte e lá nunca neva

II

Passando por uma loja de segunda mão com duas entradas, Sr. Ovídio entra pela primeira porta. Passa por um corredor externo ao salão principal com algumas araras mal soldadas, cabides e manequins. Quando está para sair, sente que algo puxa seu cabelo. Olha para trás e vê um manequim com alguns fios entrelaçados nos dedos da mão levantada. Pensa que ele deve ter se enroscado sem perceber. Sr. Ovídio usa uma peruca castanha para comemorar o nascimento do bebê de uma amiga. Sente um movimento atrás de si. Olha de novo e não acredita no que vê: o rosto do manequim está se movendo, examinando os fios de cabelo enrolados nos dedos. Depois o manequim olha para o Sr. Ovídio e ri, tentando exercitar algum tipo esquisito de simpatia humana. Sr. Ovídio está surpreendido com tamanha cara de pau, vira o rosto para seguir seu caminho. Não suporta aquela boca muda e rasgada. O manequim levanta o dedo do meio. Sr. Ovídio retribui o gesto e foge. Pensa que invocou uma lenda japonesa por no dia anterior ter treinado as frases:

<<Ore wa o chinchin ga daisuki nandayo>>

<<Ore wa o manko ga daisuki nandayo>>
Mais tarde encontra, num poema do Bolaño, a história
de La Pascualita, a noiva-manequim, e entende tudo o
que aconteceu menos ainda

III

Sr. Ovídio é um leitor de Paulo Celão. Não é o Paulo Celão. Não pode se transformar nele porque nem Paulo Celão se transforma nele mesmo quando traduz Fernando Pessoa. Margareth e Sulamita, no poema de Paulo Celão, são pisoteadas por rinocerontes e não sobra nada além de seus cabelos dourados e cinzentos, respectivamente. Sr. Ovídio é um homem de estômago sensível. Tem que ter estômago quando a proprietária visita sua casa para recolher o aluguel, o esgoto a céu aberto, um enjoo profundo que se apossa de tudo de repente cheirando a gema mole.

As pessoas me chateiam, escreve Paulo Celão. Se você encontra alguém que te faz parar de bocejar no seu emprego na autoescola ou na limusine onde sonha viver desenvolvendo programas de inteligência artificial, então você precisa se agarrar a esse alguém e pronto. Se agarrar com toda a força. Era o que o Sr. Ovídio fazia com a pessoa de opiniões políticas duvidosas que dormia ao seu lado

IV

Sr. Ovídio é um caboclo sentado ao lado de um cacto. Na base, a carne escurecida vai amolecendo conforme chega ao topo, onde também os espinhos são menores e menos resistentes. O cacto fala sem parar, faz a orelha do Sr. Ovídio queimar como queima quando está ouvindo os Anjos do Senhor. Se é riscada a carne seca do cacto, todo o universo não passa de bolha e líquido. Riscar o Sr. Ovídio à faca é como assistir a uma peça de teatro de adolescentes em Fukushima: deixar escapar do peito a pressão. Fala o cacto a partir do coração do silêncio.

Yu, de dezesseis anos, está em pé ao lado do Sr. Ovídio que está sentado ao lado do cacto. Yu não é muito maior do que eles. Sua pele é tão macia quanto o quarto novo braço do cacto. Abraçam-se os três com o calor de novos encontros. Os espinhos furam o uniforme branquíssimo de Yu, mas ela não desvia o rosto. Sua bochecha, uma peneira de sangue. Está ao mesmo tempo no palco, há 70 km da casa que precisou evacuar depois da explosão da usina, e ali abraçada inteira a eles. O pai de Yu diz que a doença é o que pode o corpo fazer para tentar reestabelecer o equilíbrio. Quando Yu finalmente ensaia um gesto de afastamento o tecido agarra mais, com força e determinação. No vaso uma terra avermelhada e pedras brancas lembram Yu o caminho da escola

V

Voltando para casa, da sua sexta viagem à Europa, Sr. Ovídio encontra uma centolla. O inferno está cheio de criatura querendo comer a toda hora. Sr. Ovídio ficou um tempo sem aparecer em casa, quando abre a porta do Augusto, a centolla pula na cama direto do aquário. O bicho não come há semanas. Sr. Ovídio sabe que vai precisar travar uma batalha para se manter humano. Dá um soco na centolla ainda no ar. Suas pernas voam uma para cada direção. Pelo menos oito direções diferentes. Sr. Ovídio não conhece o mangue, nunca foi ao pantanal. O máximo que sujou foi a canela no Pesk-Pag mas também não pescava nada então não pagava nada. A eternidade tem quem não a vê e passa por ela como se fosse nada.

Sr. Ovídio é uma pessoa de fé. Às vezes para de reclamar e acredita que tudo em breve será resolvido. Se Deus estivesse numa cara estaria na da centolla. Algo muito terno por dentro com uma rígida casca de distância por fora. Uma humanidade nem boa nem ruim por isso muito boa. Sr. Ovídio não se importa com nada disso. Quer aproveitar a carne macia da centolla, mergulhada numa cascata de molho cereja

VI

Uma vitamina bem batida de caos para começar a manhã seria bom, se não fosse 11 da noite. Sr. Ovídio lembra de quando ia até o lixão, no alto do monte reinava um manequim prateado. O manequim do Sr. Ovídio tinha longos cílios escorrendo pelas bochechas, o maxilar pronunciado. O manequim dizia sim a tudo, meio idiota se for parar para pensar, como um padre fora da missa. Um padre que prega numa cidadezinha do interior do estado de nascimento da Rachel de Queiroz, onde as pessoas são muito brancas e burras e se casam com os primos.

Sr. Ovídio protesta <<o campo não é o lugar do atraso>>. Que engraçado ouvir isso de uma pessoa com sangue do império romano, um plasma coalhado de coágulo. E ainda depois que descobrimos que todas aquelas estátuas não eram brancas coisa nenhuma, eram coloridas. Mais do que coloridas, eram uma mistura de todas as cores primárias. A primeira entrevista de emprego do Sr. Ovídio foi num frigorífico no sul de Minas Gerais, a chefe perguntou se ele tinha dó dos bois, mas como isso seria possível se ele mesmo era um deles

VII

Para voltar a ser humano, Sr. Ovídio precisava identificar e matar a cobra fêmea.

Existia uma princesa que carregava seu reino dentro de uma caixa entalhada de madre pérola, como souveníres egípcios. A jovem vivia com tamanho de gente apenas algumas horas por dia. Sr. Ovídio fingiu-se apaixonado por ela para roubar a caixa e encontrar ali a cobra fêmea.

Tudo indica que o contrário aconteceu e agora o Sr. Ovídio é um inseto preso num terrário suado no Shopping Frei Caneca

VIII

Na aula de dança do centro comunitário, Sr. Ovídio é uma mocinha que acabou de fazer dezoito anos. Usa uma blusa de manga verde com um yorkshire desenhado na estampa. O yorkshire usa um lenço de poá amarrado no pescoço. O cabelo do Sr. Ovídio amarrado num rabo. O yorkshire não tem rabo nem usa sapato. O professor aponta na parede um esqueleto humano, Sr. Ovídio demora para identificar o desenho, está confundida com o fato das mãos começarem nas omoplatas. O esqueleto foi fotografado em três posições diferentes como se tivesse sido pego dirigindo bêbado. A tarefa do Sr. Ovídio é esquecer o esqueleto, o público imaginário e dançar até a morte

IX

Estão levantando um prédio colado àquele onde mora o Sr. Ovídio. A construção tem proporções imensas além de uma piscina muito gozada. Um cocker spaniel dourado, tamanho master, toma impulso e da piscina salta até o centro da mesa de jantar do Sr. Ovídio. Na hora de voltar não consegue erguer-se o suficiente e cai pelo vão entres os dois prédios, parece que feito com as exatas medidas de um cocker spaniel dourado tamanho master. A queda demora mais quando tem alguém assistindo. É mesmo muito alto, pensa o Sr. Ovídio. Pensa também que o cocker spaniel pode ser a nova encarnação de Ícaro, que dessa vez dispensou as asas coladas com cera. O resto do que se passou pela sua cabeça ele não contou jamais

X

Sr. Ovídio escreve um poema de amor:

sonhei a luz incidindo sobre você
a cara molhada de dias & dias & dias
nem consegui comer seu cu poxa
eu quase disse mas eles deveriam ter drenado toda
essa água
vai dar mosquito

XI

Sr. Ovídio é a Louca do Jardim. Escreve para o amante dizendo que botou o livro de poesia dele para trás na estante, essa é a sua maior prova de desistência. <<Morda meu coração na esquina e não me esqueça>> mas o Sr. Ovídio botou o livro de poesia do seu amante para trás na estante e essa é a sua maior prova de desistência

XII

Quem diria que seria o imperador Augusto a exilar
o Sr. Ovídio

XIII

Se você pode amar uma pessoa estragada feito o Sr. Ovídio você pode amar a si mesmo ou se você pode amar alguém como eu você deve estar estragada

XIV

Sr. Ovídio está nervoso. Estar nervoso é ter que andar mais rápido ou mais devagar para andar junto. É isso o que acontece com qualquer um que esteja nervoso. Sr. Ovídio está nervoso e imundo. Só a camisa branca intacta, feito um corpo que vai para o caixão antes da maquiagem. É difícil passar sombra azul em pálpebras móveis. Sr. Ovídio sai por aí com seu corpo morto imundo, vestido o dorso numa camisa limpa. Diz, no maior tom de esperança que você já ouviu, <<minha pessoa favorita está sendo inventada agora>>

XV

Quando terminaram, a pessoa se assustou com a frieza do Sr. Ovídio, sentado no banco do carona, celular na mão. Não piscava, parecia acompanhar cardumes num aquário. Parecia pensar em capas de botijão de gás bordadas com iniciais. Parecia encerar o salão de uma igreja, enquanto o amor era tratorado por uma picape de rodas gigantes, como aconteceu com a gente no ano de 2016. Sr. Ovídio parecia um cachorro que se deixa limpar pelas roldanas do lava-jato, imóvel. Apático cachorro caramelo, cansado. Augusto maior do que ele, mais forte do que ele, desmoronando como um dragoeiro lenhado por baixo, pouco a pouco, um desejo louco de pedir perdão mesmo sem ter feito nada.

Sr. Ovídio adorava esses dias em branco, quando não se importava com nada nem com ninguém. Ficava horas cutucando o centro do universo, sem considerar as consequências. Numa corrida as consequências nunca o tinham alcançado, ele sempre foi mais veloz do que as consequências, mais esperto. Quando era criança espalhava as tintas de cor em volta, misturando tudo. Sr. Ovídio se enxergava no borrão da página. Ele também era assim uma confusão de sentimentos, que de tão misturados não brilhavam, se perdiam no meio do caminho e decidiam se aboletar ali mesmo na estrada, obedecendo as marcações de não ultrapasse, esquecendo-se de vez de qualquer potência que pudesse ser urgente ou desesperada

XVI

Sr. Ovídio se pergunta por que sempre queremos derrubar quem amamos. Ele tem horror a respostas prontas. Quando alguém sofre, as respostas prontas são como adesivos sem cola, não se fixam em lugar nenhum, muito menos em superfícies rugosas como o cérebro. Sr. Ovídio podia ficar horas ouvindo sobre a Grande Queda e não conseguir absorver nada. Jogamos pedras na pessoa amada como em uma figura santa, para assisti-la despencar do altar com um baque seco, nada mais que barro. Sr. Ovídio se lança do viaduto como um garoto com um saco de laranjas roubadas. É uma cena triste. De qualquer jeito, não se vive o amor com leveza, não se ama flutuando, isso não existe. Não dá para dizer, por outro lado, que o Sr. Ovídio seja uma pessoa infeliz. É impossível capturá-lo com a armadilha de um adjetivo único.

No calor de dezembro, a professora pede que as crianças desenhem o Sr. Ovídio no estilo de uma personagem maluca do Carroll. Sylvia e Bruno não têm bem certeza quais cores usar

XVII

Tudo o que era metal era o Sr. Ovídio, naquela clareira antes dos sítios. Uma antessala de mata que dava, tanto para direita quanto para esquerda, em portões de cores diferentes. Uma cerca de arame, esquecida ao lado dos troncos lixados, era o Sr. Ovídio; os pregos úmidos tampando o choro das altas guapuruvus era o Sr. Ovídio; o clipe; a mola do pregador; a moeda de cinquenta centavos: tudo o que era metal era o Sr. Ovídio. Se saísse de um dos portões a mulher que bordou na tela-mosquiteiro da janela uma rosa vermelha, não perceberia o cheiro de feijão apodrecido, vindo do Sr. Ovídio.

Talvez não exista nada mais parecido com o Sr. Ovídio do que o beija-flor, esse pássaro que se confunde com a própria velocidade das agulhas. Talvez o Sr. Ovídio pudesse passar de ferrolho da porta a anel de latão, como lasca de alumínio talvez fosse possível cruzar a ponte, ficar debaixo do mosquiteiro na forma de uma maçaneta arredondada. Presenciar o lento movimento de quem se transforma em direção à mesma fuga de Dafne, ao transformar pés em raízes

XVIII

Ao sair do banho, Sr. Ovídio secou bem as mãos antes de ligar o interruptor e atendeu o telefone. Ouviu de longe algo sendo esmagado por um pé, que imaginou épico & sádico como o da Princesa Andrômeda, acorrentada a uma rocha. Sr. Ovídio se enganou, não era o pé da Princesa Andrômeda. Era o pé do próprio Sr. Ovídio. Um pé transformado em si, somente o seu pé, um pé completo e pensante.

A voz pedante do pé do outro lado da linha disse, depois do que o Sr. Ovídio ouviu como o som da coluna de uma gaivota se partindo:

[assobios ao longe] se eu estivesse sozinha se eu tivesse vindo pra cá sozinha se eu estivesse sozinha se eu tivesse vindo pra cá sozinha se não tivesse ninguém pra me ensinar sobre [incerteza] os avanços e as insistências sufocantes dessa criatura horrível que é o mar [pausa] se não tivesse ninguém pra me tocar a sola e mandar PULA! eu poderia ser como um fantasma que assombra aquele casal [aponta com o dedão] que senta de costas pra espuma olhando o fa-

rol [o vento aumenta] eu poderia assombrar os sonhos deles à noite [parte inteligível] meus pelos molhados e penteados excêntricos eu poderia ser [pausa] a intermediadora entre a triste fera que me alcança e a matéria dos seus sonhos [a última vértebra da ave se rompe] avançando cada vez mais adiante deixando você pra trás

XIX

Tem a ver com como se dão as despedidas. Sr. Ovídio entendeu, vocês se olham nos olhos antes de dizer tchau, os dois se viram ao mesmo tempo ao sair do metrô para se verem mais uma vez. Pensar na resposta perfeita só depois, isso tem até nome, uma expressão francesa, traduzida para algo como *o fantasma da escada*. Despedida não é pisar em falso em direção ao porão, é a tentação da esposa de Ló que ao olhar para trás, para mirar os que queimam, arrisca tudo. Olhar para trás, quando o mais conveniente é seguir em frente, talvez seja a única humanidade possível

XX

O Dr. Pedro Vital, do cartaz no poste, é o Sr. Ovídio. Diz o cartaz: Dr. Pedro Vital comete erro e deixa paciente deformado. É tudo verdade. O Dr. Pedro Vital - Sr. Ovídio queria operar uma mudança no paciente. Pela deformação fazer do um um outro. No dia da consulta o paciente, que depois ficou mesmo deformado, estava passando na frente de uma igreja e ganhou um panfleto em que se lia a palavra <<igerja>> por um erro da gráfica.

Os funcionários da gráfica profetizaram um erro muito pior que aconteceria semanas depois com o paciente. Além do erro, no panfleto se lia: você está ouvindo vozes? O paciente se perguntou se ele ouvia vozes. A verdade é que de 3 a 10% da população mundial ouve vozes por isso o movimento "Ouvindo vozes" foi criado para lutar pela despatologização do fenômeno.

Sr. Ovídio, que é o Dr. Pedro Vital, ignora todas essas informações, continua comendo seu tomate cheio de carbofurano, agrotóxico que pode fazer com que alguém ouça vozes. Envolvido na própria obsessão por corrigir o que existe, pensa que em algumas línguas é impossível dizer <<eu quebrei meu braço>> a não ser em caso extremo de sofrimento auto infligido. Sr. Ovídio pensou em dizer para o paciente no pós-operatório <<você me quebrou seu braço>> mas achou que não seria compreendido. **Dr. Pedro Vital comete erro e deixa paciente deformado. Cuidado!**, diz o cartaz pregado no poste

XXI

Sr. Ovídio é essa mulher no carro tentando profetizar a vida das duas irmãs, errando de maneira estratégica, acertando pouco. Acerta, por exemplo, que a irmã mais velha costuma sair cedo pela cidade à procura de uma edição de "Nightwood". As moças das livrarias com os olhos brilhando, entortam a boca para dizer que é o livro de suas vidas. Na livraria tem outros da Djuna mas não aquele, aquele nunca. Na adivinhação, Sr. Ovídio errou, por exemplo, ao dizer que as duas irmãs estavam apaixonadas uma pela outra. A irmã mais nova foi rápida em desmentir: não estavam apaixonadas, não, não, não mesmo. Sr. Ovídio costumava viajar de carona, espremida no banco de trás com uma mochila caindo aos pedaços no colo. Realmente caindo aos pedaços, deixava em cada carro uma tira de couro, que depois eram encontradas no banco por motoristas assustados, que consideravam parar de oferecer carona a desconhecidos.

Enquanto Sr. Ovídio apertava a mão da irmã mais nova, virando sua palma contra a luz, passaram por um acidente. O motorista inconsciente com metade do corpo para fora do carro. Uma mocinha, de não mais que quinze anos, com um violão pendurado pelo pescoço tinha saído do carro e estava de pé olhando a estrada sem saber o que fazer. O carro onde aquele esquisito grupo viajava não parou. Ninguém disse uma palavra. Sr. Ovídio pensou num cachorro do mato, mais comprido do que o normal, rodeado por mosquinhas de fruta, as costelas à mostra, na beira do rio, perseguido por uma matilha de pastores alemães bem alimentados.

Quando chegaram a Foz do Iguaçu, as cinco pessoas desceram do carro ao mesmo tempo e nunca mais se viram. As duas irmãs seguiram, contrárias ao pôr do sol, numa passada veloz em direção à escuridão da noite. A mulher gorda, que tinha viajado no banco da frente, bem vestida, com bem colocados cílios postiços, cabelos alisados ralos nas pontas, pediu dinheiro ao Sr. Ovídio. Sr. Ovídio abriu a carteira e no lugar do bom dinheiro que as irmãs tinham pagado pela adivinhação, encontrou fotos de família, aos montes, recortadas, que quando saíram do lugar, recusavam-se a serem guardadas de novo, impedindo que Sr. Ovídio fechasse a carteira totalmente. Só ia entregar o dinheiro por culpa, por isso ficou feliz de não ter nada para dar. Lá no fundo, Sr. Ovídio sabia que

a melhor estratégia quando se está sendo caçada é dar
meia volta e seguir o caçador, estar sempre com os dois
olhos sobre ele

XXII

Sr. Ovídio me mama depois cita Padre Anchieta <<os selvagens são como gados soberbos>>. É a desgraça em forma super-humana. Peço a ele que pare a dor e me leve para casa, mas o Sr. Ovídio tem escrito na costela esquerda: *es seguro que deus almuerza en la mesa del patrón.* Não é nem trabalhador nem patrão, é um semideus que não almoça nunca, porque tem com a vida a atitude de quem fica de costas para o mar com uma concha no ouvido: o que não é meu não me interessa.

Sr. Ovídio quando surge uns óculos novos abandona o antigo. É contrário a acumulações de qualquer tipo. Sei que sofre muito por estar aqui conosco, entre nós como se fosse um mortal. Eu sinto o seu medo como se fosse meu. Às vezes de madrugada, transformado numa criança bem alimentada, Sr. Ovídio tem acessos de tosse nervosa e é sua vez de dizer aos prantos: me leva para casa. Mas eu não sei onde "casa" é mais do que ele sabe ao que se refere quando usa a palavra "eu". Seu corpo diminuído se encaixa perfeitamente no meu colo e eu o acalmo forçando sua boca contra meu seio. Gozamos os dois, mesmo que na manhã seguinte ele recomece a invocação a Anchieta, e faça comentários ingratos a respeito das minhas aréolas meio caídas

XXIII

Sr. Ovídio é um gado debaixo da lâmpada. Acha Sr. Ovídio, o gado, que tudo o que se passa à réplica de madeira, na qual pratica o vaqueiro o laço, se passa consigo. Sente no corpo a corda depois que ela assobia uma seresta de amor ao ar. Pressente uma espécie de fim, mas não vai adiante com o pensamento porque a experiência final tira toda a sua capacidade de contá-la. Sente no couro a corda como se fosse a sua carcunda a da réplica de madeira, mesmo que entre eles exista uma distância de 100 metros. Não dá para permanecer neutro diante de si mesmo, talhado à madeira, ainda que sem detalhes, sem cabeça, sem cascos, sem nem mesmo os chifres.

Esse gado em outra vida não se chamava Sr. Ovídio, chamava-se Silano e era amante de Julia, filha de Julia, filha do imperador Augusto, desterrada no ano primeiro depois de Cristo. Cristo morreu e aí começou o tempo não da réplica, mas da carne e muitos séculos se passaram até que foi inventada a vacina da malária que piora consideravelmente os pesadelos. Do lado do gado, que é o Sr. Ovídio, onde o tempo é morno, como um pão fermentando dentro do forno desligado, uma mulher de cabelos que dão muitas voltas ordenha uma cabra. Compõe uma melodia com o som que faz o leite ao cair no balde de metal. A melodia planta na cabeça do gado - Sr. Ovídio uma curiosidade irresistível de saber da origem das coisas. Também comporia uma canção se pudesse se desvencilhar um pouco da corda do vaqueiro, que sempre volta precisa a laçar o dorso-réplica, aquele alheio, de madeira. Sr. Ovídio se pudesse não servia de molde. Sr. Ovídio nos faz pensar na nossa obsessão pela matéria e como a energia elétrica que alimentava os eletrodomésticos dos Flintstones era o trabalho escravo dos dinossauros

XXIV

Em um futuro próximo: uma ponte de madeira com tábuas frouxas, a maioria já submersa, as pessoas que atravessam abrem as pernas e posicionam um pé de cada lado, não dá para não molhar os sapatos. Na última parte do caminho, aparece uma projeção do rosto de quem chega, para registrar as entradas. A ponte dá até o comércio da vila, não existem mais lotéricas, existem pesados casacos à venda com quatro camadas acolchoadas e custam pouco por serem produtos de contrabando. A vereadora da vila engravidou de outra mulher, ainda é preciso evitar os becos por causa da polícia. Sr. Ovídio é um sonho dentro de um futuro próximo.

Quem sonha o Sr. Ovídio é uma pessoa tomando banho. No banho, a pessoa que sonha ouve a campainha e pensa que vão entregar ao seu parceiro, um body builder profissional, fotos comprometedoras de traições que cometeu no passado. Fotos que comprovam várias vezes a sua infidelidade. A polícia agora é todo mundo. Em um outro sonho, o sonho do body builder profissional, a pessoa do banho é um pingo de ar-condicionado prestes a cair numa chapa quente que, ao encontrar a superfície, evapora, sobe para encontrar de novo o metal frio e de ar vira água de novo. Qualquer pessoa é sempre um Sr. Ovídio, uma gota em suspensão

XXV

Os olhos melados do Sr. Ovídio, que como os olhos da abelha são oblíquos, são as únicas coisas que descreveram como gentis

XXVI

O que o Sr. Ovídio tem de mais precioso é uma caixa de fósforos da marca *Levante*: 40 possibilidades de chamas e insurgências. Agora, deitado com as costas no chão, entre os pés Sr. Ovídio segura o final de uma flecha. Com as duas mãos puxa para si a corda do arco, aponta para qualquer lugar querendo na verdade apenas atingir a si mesmo. É justamente assim que passa seus dias, mirando em corações fantasmas, fantasias com cor de Danoninho e desejos brilhantes. Apontando para longe querendo apenas apagar o próprio coração. Sr. Ovídio é uma pessoa muito próxima, presa à distância. Tem esperança que, quando atingido, seu coração caia como um pedaço de papel cartão em chamas, que demoram um tanto para queimar, mas quando queimam alastram. O fogo é sempre criativo e corre em todas as direções e sabe se dividir infinitamente.

Sr. Ovídio gostaria de ler algo que se refira a outra coisa que não a ele mesmo. Visita a chinesa Fu, naquele forno que ela chama de casa. Fu ensina que não se pode ser sempre incêndio, é cansativo, e limpa com um pano de cozinha as lágrimas que molham o rosto do Sr. Ovídio. É preciso que você aprenda a lição do vulcão de Armero, diz ela. O vulcão mais terrível, um vulcão de crueldade. Do vulcão de Armero, de lava por dentro e neve por fora, saiu um cuspe de lama que soterrou 20 mil pessoas enquanto estavam dormindo em suas camas ou em redes de cânhamo. Não seja tão fascinado por Armero, diz Fu, agora rindo do Sr. Ovídio. Sr. Ovídio pensa em Lívia, nos seus vídeos-arte de 30 minutos, inteiros em inglês, não quer ser como ela, não quer ficar trancado para fora da própria língua. Se pudesse pediria à chinesa Fu três montanhas: uma quente, outra fria e a última em temperatura ambiente. E se isso rima pensa *it's not my fault*, Lívia. O coração do Sr. Ovídio se engana, vê um estranho que se aproxima e pensa que é a mãe, vê um estranho e pensa que é alguém a quem se espera

XXVII

No meio de obras perdidas, existe um manual de ictiologia que descrevia o Sr. Ovídio abandonando a si mesmo para se tornar um peixe-elétrico

XXVIII

Quando não está cuidando dos tratamentos de alcoolismo, o Dr. Sr. Ovídio anota coisas. Nas suas anotações tem a história da paciente Mussi que ela contou por áudio. Transcrição do áudio:

eu sonhei que eu tava parecia no centro de taubaté assim porque era muito muvucadinho e ai tava rolando uma coisa muito absurda porque um policial tinha chegado no postinho de saúde voando ele tava flutuando no postinho de saúde pra ser atendido e ai tava chovendo era uma coisa meio caótica o cara ele era de boa mas não sei por que rolou um rebuliço de ele estar voando não sei se eu não lembro se atrapalhou o negócio do postinho ele nem tava precisando de atendimento tão emergencial mas mobilizou tudo e ai fizeram tipo uma publicação com um poema contando essa história dele ter flutuado no postinho de saúde e ai a gente tava numa sala com várias pessoas inclusive ele tava e eu tava lendo pra você o poema sobre o policial flutuando e você tava tipo sentado numa cadeirona tipo numa poltrona assim você me olhava muito sério e o cara olhando pra gente tipo esperando pra ver qual era nossa reação ele estava muito si-

lencioso olhando pra gente e eu lendo pra você esse poema que eu queria lembrar era um poema longo tipo umas duas folhas assim da história do policial que estava flutuando no postinho de saúde

XXIX

Sr. Ovídio não é deste mundo, sua visão é equipada por um radar de submarino. Fica contente quando ouve um CD de Jazz, mas é frágil, ele é frágil, o Jazz não segura. Volta à tristeza tão rápido se ouve, por exemplo, um jargão publicitário. Se olha para cima e lê uma frase escrita numa antena parabólica, tudo rui de novo e faz barulho esvaziado.

Sr. Ovídio é pobre feito um camelo cheio de água na pança, que bebe aos poucos o que traz de volta do estômago. Bebe o regurgito mesmo se mergulhado até o pescoço em água de oásis (imagine um oásis, você consegue? Com palmeiras com um lago limpo de areia finíssima que preenche os buracos que você tem dentro de você, então se é feliz, é possível até se alimentar da areia virar uma ampulheta humana, tente, precisamos de você para completar essa tarefa, eu preciso de você).

Mesmo mergulhado num oásis, tal qual você imaginou, bebe o que guarda, o que regurgita aos poucos, econômico até o fim, porque foi programado para acreditar somente na escassez. Mas é também muito inteligente, se oferecem a ele um copo de água do mar e dizem: bebe, é água, Sr. Ovídio entende que se beber precisará de mais e mais e se beber o álcool da cozinha precisará de mais e mais e se inalar o gás de cozinha precisará de mais e mais então não se mete com essas coisas. Vai capinar com o enxadão largo, que desmonta e a lâmina sempre cai no seu dedão e fica roxo.

A lua para o Sr. Ovídio calhou de nadar, calharam de sonhar com ele os cachorros da vizinhança. Uma bola suja em cima da pia é coisa do garoto que mora ali, penduricalhos coloridos pregados na parede e mais um monte de tralha: assim vive acumulando cortinas de chita, enrugadas sob a pia, desbotadas, emboloradas, um azulejo quebrado se aproveita para o vaso, a geladeira velha no jardim, das prateleiras nascem essas plantas para fazer chá de quebra-pedra. Sr. Ovídio expele pedrinhas coloridas e faz com elas um colar para usar no verão. O que passa pelos rins do Sr. Ovídio, as notícias do jornal para forrar onde os cachorros dormem no frio, os cachorros saltando no mato alto como coelhos, e depois a mãe deles morrendo no parto esticada depois dura como chiclete, dura depois macia como o depois de uma cabeça atingida por um martelo, Sr. Ovídio jura não promete jura que não bebe mais

XXX

Sr. Ovídio quer dinheiro porque ama dinheiro e dinheiro é o rei soberano de sua imaginação. Tendo dinheiro se tem a possibilidade de ser outra pessoa. Sr. Ovídio é um vendedor de cachorro quente na imaginação de um menino que ama dinheiro. Sr. Ovídio vende cachorro quente com um delicioso purê de batatas, pensa que vai comprar um jipe para a irmã mais velha com o dinheiro do cachorro quente, com o dinheiro também vai poder viajar pra Maceió e também vai ser uma pessoa cheirosa que abraça os outros como se deve abraçar, sem medo de estar fedendo.

Com dinheiro é possível comprar um medalhão para pendurar no pescoço e jogar os cartões telefônicos e os cupons de desconto para sabão em pó no lixo. É possível pagar para que alguém esfregue a chapa em seu lugar e fique com as unhas porosas em seu lugar e perca as unhas em seu lugar. Com dinheiro é possível fazer escorregar latas de tomate sem pele para dentro do carrinho como se nada, dezenas de latas batendo nas grades de metal do carrinho compõe uma sinfonia audível aos ouvidos do Sr. Ovídio. É possível com dinheiro ingerir cápsulas bicolores, carregar cartelas de remédios no bolso e acertar o alarme do relógio para não esquecer o horário de lançá-las, quase entediado, para dentro da boca. O maior poder transformador do mundo é com certeza o dinheiro, é o que não sabe que pensa o menino que sabe que imagina ser o Sr. Ovídio, o rico vendedor de cachorro quente.

Vamos além da imaginação do menino, vamos dizer que Sr. Ovídio, quando assiste à entrevista da filha da Ingrid Bergman, pela TV Brasil dentro do trailer, olha para essa mulher que ama insetos e pensa nas suas maneiras de acasalar (também o acasalamento fica melhor com dinheiro). Sr. Ovídio sabe que com dinheiro é possível se transformar num morcego que usa um sentido chamado sonar ou eco localização e não há razão para que se suponha que isso seja subjetivamente parecido a qualquer coisa que se pode experienciar ou imaginar como ser humano. Tudo o que as crianças sem dinheiro, como o menino que imaginou o Sr. Ovídio, querem é ter dinheiro e serem amadas por isso e resolver os problemas de suas famílias e serem mártires em paz. Tudo o que as crianças sem dinheiro querem é imaginar suas vidas ricas, achar cinquenta reais na rua, comprar – não pedir, não ganhar, não ter que agradecer educadas, comprar não ganhar – o quanto de porção extra de maionese elas quiserem no cachorro quente. Depois, de barriga cheia, chegar em casa e assistir vídeos esfregando no olho, para adormecer, notas de cem reais como antes faziam com seus cobertorzinhos encardidos. Não ouvir mais a mãe dizer <<já disse mil vezes, não tenho dinheiro, tenho conta pra pagar, mas isso não significa nada pra você, nada nada>>.

Por fim o que querem as crianças sem dinheiro é esquecer o que as mães foram forçadas a aprender desde cedo: que os adultos botam os cachorros para lutar em eventos chamados rinhas e que depois os assam em grelhas quentes quando querem comer churrasco, que as promessas de trabalho no sul do país, para ganhar uma renda extra, são perigosas e que viver tem consequências difíceis demais de entender por completo

XXXI

Em italiano quando alguém dorme mal dizem teve um *bruto sonno*. Bruto um rolo compressor passa sobre o poço escuro onde disse que caiu Efraín para ganhar a indenização. Efraín mente. Sr. Ovídio sabe. E sabe porque conhece por onde anda todas as horas Efraín e as poucas vezes quando diz a verdade: é uma religião do mal amar alguém que nunca vai poder te amar. Um culto de um homem só.

O Sr. Ovídio é chamado de Vidinho em casa, depois do expediente, beija sua menina imaginando a grande festa de debutante que vai fazer para ela. Ele cheira curtido como uma conserva fora da geladeira. Ela não percebe, pensa que todos os homens cheiram assim. Uma menina que quando pequena foi deixada no ônibus, fez xixi nas calças. O motorista, o Vidinho, a levou para casa antes que ela se transformasse numa gárgula e então ele seria demitido e então não teria mais como fazer intervalos entre as viagens para tomar seu café com leite e alcaçuz. Os motoristas têm seus luxos também, Sr. Ovídio tinha os seus, dirigindo seu grande e cruel rolo compressor sobre a argamassa molhada enquanto canta por Efraín. É uma religião do mal: duas libélulas fazendo amor enquanto voam, duas libélulas grudadas enquanto ainda no ar

XXXII

Jó diz <<oxalá deus me esmagasse, que soltasse a sua mão e acabasse comigo>>. Sr. Ovídio fecha a bíblia e vai comprar uma caixa de leite. Tira a caixa de leite da sacola, descola suas alças para cima e corta a parte superior. Um movimento rápido, tom sob tom, aparece na lagoa branca, impossível feito um crocodilo de água salgada. De dentro da caixa de leite Sr. Ovídio puxa um brasão das forças armadas, uma joia de família, abre-o como um camafeu e de lá saem insetos sem cor, pequenas baratinhas de areia. Jó diz <<então é isso? É isso que estamos ainda a beber?>>

XXXIII

Sr. Ovídio é uma enorme pedra azeviche cruzando o universo. Vão para lá todos os desejos proibidos, os mundos convulsionados do herói épico, o amor incestuoso de Biblis por seu irmão Cauno, quando se sonha com cheiro de podre é para lá que se vai.

Uma mulher mora no meio da Serra de São José dos Ausentes, sem nada ao redor, é visitada na cama à noite por alguém que não reconhece, não sabe qual dos seus irmãos cuida melhor dos porcos.

Essa mulher tem uma motocicleta, numa caixa de feira presa à garupa leva um porco preto, um javaporco dizem naquelas vizinhanças, com o focinho babando em seu braço. Não é possível saber se está vivo ou morto o porco, mas é a sua primeira vez andando na garupa de uma moto. Se vivo o porco só faz isso vive, se morto a luz de seus olhos viaja até uma enorme pedra azeviche

O Sr. Ovídequiel

O verso também tem dedos, disse Juvenal no século V e a história é um jorro. Sr. Ovídio também é verso e também são dedos e quando ouve a voz orgástica do maior dos amantes, Deus, passa também a atender pelo nome de Ezequiel: um ser fora da espécie. Deus se manifesta como uma alucinação do fim das classificações. Sr. Ovídio está deitado na cama prestes a dormir, do seu lado tem alguém – o que nunca deixa de o surpreender – e aí está Deus como a sensação de que a qualquer momento uma explosão maior que a morte vai acontecer, algo enorme e barulhento. Mas antes da explosão completa, tudo o que existe vai se encontrar uma última vez, aqui, atraído pelo corpo de ímã que é o Sr. Ovídio-Ezequiel. Tudo do universo com seu corpo copula. Segurar a cabeça debaixo da água, bater claras em neve, sentar no próprio pé até que ele adormeça, enforcar-se, até que é parecido, mas parecido não é igual e contar depois não é viver.

Não se sabe se para Ovídio-Ezequiel é melhor ou pior viver umas criaturas mais do que as outras, mas com certeza viver junto é mais prazeroso. Não parece nada com ter um prato diante dos olhos, a distância que existe entre ver e comer. O Sr. Ovídequiel deveria dobrar as esquinas gritando para anunciar a chegada do seu corpo instável, igual nos tempos de Juvenal, quando se acreditava que o toque de um pária manchava a nobreza, a reputação. Você toca o verso ele te toca, você suja o verso ele te suja de volta

Posfácio

As Metamorfoses de Ovídio não param de mudar. As Metamorfoses de Ovídio parecem nos fazer perceber que tudo muda o tempo todo quase como se apenas e somente na condição necessária mas não mais que suficiente de que elas continuem a ser contadas. As Metamorfoses de Ovídio bastam para perdurar como seixos numa avalanche de irreverência e impotência num universo em que a violência máxima em geral só é exercida por deuses (graças a deus) e ai de você se você cruzar com algum deles de mau humor. As Metamorfoses de Ovídio acabam que se reviram em puro enredo nas historinhas que a gente gosta, do Hércules, desse pessoal, naqueles podcasts de senhores contando historinhas de Hércules, desse pessoal, mas também de vez em quando se reviram e revertem em coisas mais incômodas como livros de Ted Hughes, Paulo Leminski, Nina MacLaughlin ou Paisley Rekdal.

Caso já estejamos cansados de só historinhas em filmes, desenhos, podcasts, podemos também considerar que as metamorfoses são como que categorias puras que podem virar pura voz, ou melhor, como que processos de virar-se em coisas que podem ser, entre outras, pura voz ou som. Ou mesmo o puro vir-a-não-ser do que não-se-pode-

-nunca-deixar-de-não-se-ser. É aí que entra o livro da Julia Raiz, que consegue retirar dos mitos o que é só mito e nos dar de presente pura voz ou som de um Sr. Ovídio que flana pendurado por cordinhas que ele não consegue cortar, um Leopold Bloom só que mais triste, mais patético, essa coisa-homem que entristece de não poder mudar demais sem que deixe de perceber por já estar morto.

Rodrigo Tadeu Gonçalves

Sobre a autora

Julia Raiz é escritora de ficção e ensaio, mantém o podcast Raiz Lendo Coisas e trabalha com tradução. Outras publicações: "diário: a mulher e o cavalo" (Contravento editorial, 2017), "p/vc" (plaquete, ed. 7Letras, 2019), "cidade menor" (plaquete, ed. Primata, 2020).

Este livro foi produzido no Laboratório Gráfico
Arte & Letra, com impressão em risografia
e encadernação manual.